Schreibend träumen
wir uns wieder

Schreibend träumen wir uns wieder

Jokers Lyrik-Preis 2009
Die besten Gedichte

Jokers

© an der Gedichtezusammenstellung
by Jokers in der Verlagsgruppe Weltbild GmbH, Augsburg 2009
In Zusammenarbeit mit Autorenhaus Verlag, Das Gedicht, Die Berliner
Literaturkritik, BoD, hoerothek.de, literaturcafe.de und Uschtrin Verlag
Die Rechte an den Einzelbeiträgen liegen bei den Autoren.
Die Schreibweise der Gedichte ist von den Autoren vorgegeben.
Redaktion: Dr. Christiane Schlüter, Augsburg
Cover: Marc Steurer und Tim Miller, Augsburg
Innengestaltung: Lydia Kühn
Gesamtherstellung und Verlag: Books on Demand GmbH, Norderstedt
ISBN: 978-3-8370-5274-9

Vorwort

Ein Riss geht durch die Welt. Er tut sich morgens beim Frühstück in der Sprachlosigkeit junger Paare auf und später dann im Mauerwerk eines alten Hauses, dessen Betrachter nicht mehr weiß, wo er die Zusammenhänge suchen soll: „Zuckernaht", Ana Teresa Hesses Siegertext beim diesjährigen Jokers Lyrik-Preis, thematisiert ebenso wie Lothar Reeses „Abriss" den Verlust von Sicherheiten, von Kontinuität und Zusammengehörigkeit. Und doch ist da eine „Ahnung von Schönheit", wie es bei Reese heißt, eine Suche nach dem, „was bleibt" – so haben wortgleich die zweite Siegerin Andrea Heuser und André Kröckel ihre Texte überschrieben. Diese Suche führt in die Kindheit, in eine erlebte oder imaginierte Heimat. Sie führt in die Natur, in das Lachen oder trotz allem und immer wieder in die Liebe zu einem anderen Menschen. Und sie führt in das Schreiben.

„Schreibend träumen wir uns wieder", der Titel dieser Anthologie mit den hundert besten Gedichten des Jokers Lyrik-Preises 2009, greift jene Suchbewegung auf. Im Schreiben setzen die Dichter die zersplitterte Welt wieder zusammen. Hier wird aus Sprachlosigkeit gegenseitiges Verstehen und Wiedererkennen, der lang vermisste Sinn wird erahnt und was eigentlich schwer und unbeweglich scheint wie ein Stein, wird auf einmal leicht. Von der Beweglichkeit der Steine erzählen sogar gleich zwei Gedichte in diesem Band. Vom Tanz ist die Rede, vom Fliegen und von Klängen, die auf geheimnisvolle Weise die Welt durchschweben. So wird die „Ahnung von Schönheit" immer wieder bestätigt. Dass die Erlösung eine fantasierte und geträumte ist, muss dabei nicht schlimm sein. Denn beide, das Schreiben und der Traum, besitzen ihre eigene Wirklichkeit. „Wirklich ist, was wirkt", sagte einst der Gestaltpsychologe Kurt Lewin. Wie wahr! Und auch da, wo von unerfüllbaren Wünschen die Rede ist, von Krankheit und Abschied, erweist die Sprache ihre tröstende Kraft. Wieder eine Seite weiter stiehlt sich dann vielleicht ein Lächeln ins Gesicht, weil hier ein besonders humorvoller Autor die Sprache und die alltägliche Realität gegen den Strich gebürstet hat. Das Leichte, Heitere ist ja sogar oft das Schwierigste.

Dass auch in schwierigeren, in krisenhaften Zeiten das Schreiben eine ungebrochene Faszination ausübt, beweist die konstant hohe Zahl von rund 7.500 Einsendungen, die beim nunmehr siebten Jokers Lyrik-Preis zu verzeichnen war. Eine Menge Lesestoff also für die elfköpfige Jury, die sich ihre Entscheidung wie immer schwer gemacht hat. Viele der eingereichten Texte sind in die Gedichte-Datenbank von Jokers aufgenommen worden und können dort weiterhin nachgelesen werden. Doch für die vorliegende Anthologie mussten aus dieser Menge die hundert besten Texte herausgefiltert werden. Da galt es dann sehr strenge Kriterien anzulegen: Stimmt die gewählte Form, stimmen die Bilder, ist eine Aussage erkennbar, ist das Gedicht in irgendeiner Weise originell? Wie immer hätten es noch mehr Texte verdient, hier abgedruckt zu werden – aber die Seitenzahl erforderte eine Begrenzung. Und auch in diesem Jahr war die Jury froh, dass neben den vorderen Jokers-Plätzen viele Sonderpreise auf die Dichterinnen und Dichter warteten, dank der Sponsoren, denen die Lyrik und deren Förderung ebenfalls am Herzen liegt.

Diese Anthologie mitsamt den Texten und Lebensläufen der erstplatzierten Autoren findet sich wie immer auf der Website www.jokers.de/lyrikpreis. Von dort gelangt man auch zu früheren Ausgaben und zu Informationen und Wissenswertem rund um den Wettbewerb und das Dichten allgemein. Hier lassen sich neue Ideen für weitere Texte finden. Denn das Schreiben ist ja eine nie abgeschlossene Bewegung, es geht immer weiter – wie das Träumen auch.

Viel Freude an dieser Anthologie wünscht
Dr. Christiane Schlüter
Koordination Jokers Lyrik-Preis

Inhalt

Abel, Uta: zwischenland 78

Appel, Lisa: Die Geschichte eines Sommers 70

Bahn, Michael: Nachtgelüster 80

Bamert, Verena: Memento 52

Banick, Dimitri: Abflug 89

Bärtschi, Katrin: Rotes Meer 91

Baumann, Margot S.: Zwei tadellose Fremde 47

Beck, Laura: Reimverneinung 107

Brandner, Erika: Nachmittag 22

Braun, Wolfgang: Altes Schloss 45

Brückner, Hanna-Linn: wie die sätze verschwanden 100

Burmeister, Julian: Zufallstreffer 82

Dalkowski, Lutz: Zwiespalt 74

Dermietzel, Jürgen: Der alte Mann und die Bank 111

Dittmann, Holger: scherben bringen 46

Emsel, Dorothee: Brief an Edgar Allan Poe 48

Ethner, Beatrix: Etwas Kaltes 49

Fischer, Juliane: Luftschloss 77

Flächsenhaar, Karlheinz: Wurmstreit 110

Flenker, Jürgen: Waldschmerz 72

Frings, Helmut: Der Klang der Flöte 57

Gräbel, Wolf: Così fan tutte 61

Großmann, Ulf: dein leberfleck müsste 101

Haak, Ilse: Mitte des Lebens 58

Haller, Eduard: Der Sandwirbel 37

Hamilton, Sandra: Worte formen 55

Happe, Andreas: Minze 83

Heck, Brita: Frühling bei Rilke 30

Heidsiek, Christoph: Knoten 24

Hesse, Ana Teresa: Zuckernaht 11

Hetze, Willi: Eis 56

Heuser, Andrea: was bleibt 12

Hewener, Vera: Reibung 27

Hinz, Claudia: Das Blatt 95

Hoffmann, Christian: Regen in mir 38

Högner, Holger: südlich von mir 73

Hossli, Renata: wunsch 23

Hugentobler, Tobias: Von den Römern 13

Hutschalik, Juergen: Stein im Fluss 34

Jepsen, Kisten: dpa./Meldung aus Nahost 76

Johann, Claudia: Me & Bobby McGee 18

Kaminski, Karl-Otto: Spätsommerglück 94

Klesper, Theresa: à bientôt 28

Knappmeier, Annemarie: Dein Glück 70

Köhler, Claus: verwischtes bild 54

Kröckel, André: Was bleibt 96

Kröger, Günter: Der Golfer 41

Krüger, Ellen: trauer 88

Krueger, Francesca: Sperrgut 99

Lampe, Roland: Mühlenbecker See 60

Lasch, Bernhard: Globales 90

Lehmann, Andreas: lebenslauf 62

Lindig, Harald: Leuchtturmwärterin 36

Lüthe, Ursula: Aufbruch 67

Maiberger, Bärbel: ankommen. 53

Martens, Gerhard: The bumble bee 109

Meinel, Angela: o. t. 31

Meißner, David: Salz 105

Meschkat, Mirani: ungreifbar. 102

Metsk, Ulrike: Es muss sein. 92

Mishal, Hannelore: Novemberabend 96

Mocka, Merle: Widerstand – Kein Ende. 44

Moll-Rakus, Julia: Der Schlüssel 20

Neuert, Marcus: [nördliches fenster] 104

Neumann, Nike: Rätselporträt Nummer 2 108

Nitsche, Wolfgang: diesseits und jenseits. 79

Norten, Frank: gefundene heimat 51

Nöthen, Franziska: Im Sekundentakt 103

Reese, Lothar: Abriss 43

Reher, Manfred: Hoffnung 97

Rehfeldt, Maike: Grabmal an der Wand. 14

Richter-Rauch, Sabine: solche zeiten. 63

Rohner, Ernst: Kleine Stadt. 33

Röhrborn, Anne: Abschied 75

Rohrmoser, Werner: Flügelflinke Schwalben 29

Ross, Erika: Mutter wartet 66

Ruch, Cindy: untergehen 35
Saadi-Varchmin, Beatrix: von der kunst, einen schweren stein zu
                       heben oder: die leichtigkeit eines steins 16
Schankula, Walter: März 50
Schinkel, André: Sonar. 86
Schröder, Angela: federleicht 26
Schulz, Ingrid: Wie gewohnt. 64
Schwan, Dorit Maria: Aus rabenschwarzen Träumen 93
Schwarz, Klaus: Meine Gedichte 39
Schwob, Ralf: Zeit 85
Tewordt, Lizzy: Der alte Fährmann. 32
Thieme-Schmidt, Gudrun: Für Michael 68
Thomas, Salina Petra: Fluss des Lebens 84
van Deijk, Lili: Heimkehr 15
van Holt, Tanja-Mara: Die Tänzerin 19
Venker, Susanne: situationen 69
von Flotow, Oliver: Im Wald 98
Walther, Christof: Kleiner Garten (Berlin Adlergestell) 90
Weber, Margrit: kinderlos 65
Wenzl, Silvia: Frühlingserwachen 40
Wetzel, Käthe: Das Rosenblatt. 87
Wunderlich, Eva: Obgleich 81
Zacharias, Ilse: Frei laufender Laternenpfahl 42
Zänker, Jan: Mercedes 59
Zippel, Thomas: mit jedem jahr 106

Ana Teresa Hesse

Zuckernaht

Im Kühlschrank
knistern angetaute Eiskristalle.
Ich lecke am Besteck und schmecke dich.
Irgendwas ist nicht normal.
Und irgend etwas fehlt.
Ein Riss im Raum, ein Teil ist fort,
und Morgenstunden stellen Morgenfragen.
Die Uhr läuft weiter, ihre Zeiger rasen.
Moment! Da war noch was!
Ich weiß genau, dass etwas fehlt!
Ein Ding. Ein Wort.
Es hat sich aufgelöst
und liegt mir auf der Zunge!
Ich habe das Gefühl,
es ist vielleicht nur ein Gedanke,
der sich wie eine Naht zu
meiner Zungenspitze zieht:
Etwas ist anders heute.
Und irgend etwas fehlt.
Ich frage dich.
Zucker ist aus! rufst du.
Ach, der!

Andrea Heuser
was bleibt

bewegungen waren, sind, wind schüttelt strom
los von den leitungen, tanknadeln zittern
und straßen biegen lässig vor den fahrern ab

der knirps entspannt sich im regen, wurm biegt sich wege
der schnürsenkel will sich fest binden, und die spange
löst das nasse haar gegen eine berührung der finger aus

jetzt scheint es mir, dass ich sie geliebt habe, die spange
den schnürsenkel, den wurm und den knirps, und alle straßen
tanknadeln, den wind, was bewegungen waren, sind, du warst

bewegungen. waren, sind

Tobias Hugentobler
Von den Römern

Die alten Römer
im Schnitt
kaum eins fünfzig
groß
hätt ich sie
in den Punischen Kriegen
getroffen
schwer bewaffnet
die Hitze unter dem
Helm
unerträglich
die Füße wund
vom langen Gehen
ich hätte ihnen
über
ihre Köpfe gestreichelt
und ins Ohr geflüstert
ist doch alles
gar nicht
so schlimm
meine Kleinen
geht
nach Hause
kehrt um, so
lange
ihr noch könnt
es lohnt sich nicht
es lohnt sich nicht

Maike Rehfeldt
Grabmal an der Wand

Leis' summte sie ihr Lied
und starrte auf das Essen
das Festmahl für den Abend
und weltvergessen träumend
sah sie am Blut sich laben.

Ein einzig' Mal sich umgedreht
schon war's für alle Zeit zu spät.
Die Hand von dero Essen
schlug zu, genau bemessen.

Im Matsche ihres Angesichts
dacht' sie noch schnell:
„Das war wohl nichts!"
und starb knapp vor dem Abendbrot
den Mückenehrentod.

Da hängt sie nun seit Jahren schon
an einem toten Beine
nebst platten Spinnen, Fliegenleichen
mit Ohrenkneifern und dergleichen
stillschweigend im Vereine
und wartet auf des Malers Quast
damit er sie zur letzten Rast
mit dicker Binderfarbe
für alle Zeit begrabe.

Lili van Deijk
Heimkehr

Kein Fest
ist bestellt
an der Chaussee
stadteinwärts
Müll
von Jahren
Fetzen
am Zaun

hebe den Hut
im Gruß
umspielt
ein Hauch
das alte Haar

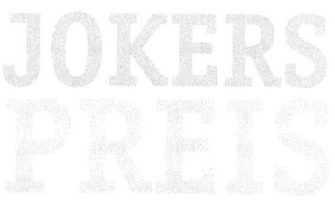

Beatrix Saadi-Varchmin

von der kunst, einen schweren stein zu heben
oder: die leichtigkeit eines steins

ganz einfach soll es sein einen riesigen
stein zu heben
einen findling aus urvorzeiten er sollte
grünmoderig sein.

zuerst musst du mit dem zeigefinger
(hast du ihn noch dann dem rechten)
nach einer kleinen delle tasten da
wo er sich gerade vom boden wegwölbt
in den seine schwere ihn drückt.

dann die spitze des kleinen fingers links
leicht in die delle legen
und ausatmend schräg nach unten
blasen dass der luftstrom
(er braucht gar nicht kräftig zu sein)
die steinwölbung gut von oben her trifft.

denn so wie vögel nur gegen den wind
landen und auffliegen können
so kann sich ein alter und schwerer
stein nur gegen den atemstrom heben
den du auf ihn gerichtet hältst
geduldig und zeitvergesslich.
nun sanften druck ausüben mit der
kuppe des kleinfingers links –
und den ausatemstrom nicht vergessen.

am besten die augen kurz schließen
um das leise ruckeln zu spüren das
den stein langsam aus seiner schwere
löst.
weiter atmen und halten doch nicht
forcieren das würde der lösung nur
hinderlich sein.

mit einem satten schmatz gibt die
erde schließlich die haftung frei
und torkelnd wie ein junger kreisel
noch völlig unkundig seines geschicks
hebt sich der stein in die luft.

dies ist die zeit um den finger den kleinen
ohne hast aus der mulde zu nehmen und die
augen aufzusperren:
alle steinhuckel sind jetzt mit federn
bestückt schwarz grau und blau manche grün
die sich zu flügeln zusammenfügen.

und hohlzüngig aus tausend schrunden
grinsend schwingt sich der alte aufs dach
wirft dir ein knickfederchen vor die
füße und steigt
(jetzt lass deinen linken arm fallen)
kerzenrauchgerade hoch
zieht wo der aufwind ihm günstig ist
kräftige geierspiralen
verschwindet schließlich mit rauem
gekrächz über dem wolkentuff rechts
der eilig den himmel befährt.

zurück bleiben nur das federspiel und
käfer- und ameisenvolk das über den freien
boden herfällt um gänge und gruben zu
buddeln.
der stein wird nicht wiederkommen.

vielleicht aber steckt bald im briefkasten-
schlitz eine karte vom uruguruatoll
ohne poststempel absender unterschrift
darauf steht nur: mir geht es gut ich hoffe
ihnen desgleichen!
auf der bildseite ist nichts zu sehen als
wasser von einem zum andern ende und
mittendrin ein punkt.
das wasser sieht aus wie luft in der sich ein
vogel himmelwärts schraubt.
der punkt ist wenn du die lupe
nimmst links unten leicht eingedellt
und besonders schattengeschwärzt
und wackelt dir zu wie ein lämmerschwanz:
grinsend.
und daran erkennst du ihn.

Claudia Johann
Me & Bobby McGee

eines Tages, da werd' ich
einen Schlapphut tragen
und eine riesige Sonnenbrille
meine geschminkten Lippen
werden ausgefranst sein
nichtsdestotrotz werd' ich
eine Zigarillo schmauchen
ein hübscher Badeanzug
wird mich kleiden
die schlaffen Muskeln
und welke Haut zusammenhalten

so werd' ich
auf der Terrasse sitzen
aus meinem Recorder wird
Janis Joplin krächzen:
... me and Bobby McGee ...
Vorübergehende werden
verwundert glotzen
und ich werd' gelassen
meine arthritische Hand
zum Peace-Zeichen erheben

die junge Pflegerin wird
angerannt kommen
und mir beibringen
diese Geste
tunlichst zu unterlassen
denn möglicherweise
sei sie ja obszön ...
welch ein Ende!

Tanja-Mara van Holt
Die Tänzerin

Ihr Haar brennt lichterloh und Flammen
umspielen lodernd ihr Gesicht
ihr Körper – erdschwer – fällt in sich zusammen
dann wieder haben ihre Schritte kein Gewicht

So streckt die Seele sich der Ewigkeit entgegen
der Körper – wirbelnd, kreisend – folgt ihr nach
doch hält die Gegenwart auf allen Wegen
sie fest umklammert und die Sehnsucht danach wach

bei jenem letzten Tanz den Mantel leise abzustreifen
der noch als Last auf ihren Schultern liegt
um endlich unbeschwert vollständig zu begreifen
was schon als Ahnung leicht in ihrem Herzen wiegt

Julia Moll-Rakus

Der Schlüssel
(gewidmet meinem Bruder, dem Autisten)

du kommst herein, bist ohne ruh'
und deutest stumm auf einen fleck,
wo ist der schlüssel?
er ist weg!

ich schließe meine augen zu,
doch dass ich mich vor dir versteck,
gelang mir nie,
hat keinen zweck.

dein blick sagt mir: sieh her, ich leide!
komm, lass uns suchen alle beide!
erst wenn den schlüssel wir gefunden,
hat meine arme seele ruh'.
sonst plag' ich dich noch viele stunden,
ein kampf wohl über tausend runden
und niemand siegt,
nicht ich, nicht du.

ach, lass mich liegen, ich bin müde,
der tag war lang, ich bin geschafft.
ich kann mich jetzt nicht überwinden,
doch morgen werden wir ihn finden,
nur jetzt, jetzt hab ich keine kraft.

die tür schlägt zu, doch du kommst wieder.
noch immer liegt er nicht am ort,
du könntest dir die haare raufen,
läufst wie ein tier in achterschlaufen
und deutest weiter, immerfort.

oh gib doch endlich einmal auf!
kannst du's nicht einmal nur vergessen!
was geht dich denn mein schlüssel an?!
wie man nur so verbohrt sein kann!
so hartnäckig und so besessen!

es heißt, der klügere gibt nach.
wie klug du bist, kann niemand wissen.
dein geist ist uns schon lang entrissen.
und deine stimme, sie liegt brach.
du lebst in deiner eignen welt
und zwischen uns ein eisern tor,
wie gerne drück ich da den knauf
und schlösse diese türe auf,
doch sie bleibt zu und wir davor.

du tust mir leid, drum helf ich dir,
nicht immer gern, doch immer wieder,
ich leg den schlüssel an den ort,
sing dir die alten kinderlieder.
auch wenn du mir kein lächeln schenkst,
keins schenken kannst, auch keinen blick,
und ich nie weiß, was du wohl denkst,
ich denk an dich und wünsch dir glück.

ich such die schlüssel stets für dich
und kann es manchmal nicht verwinden.
ich weiß, der eine für die türe,
die uns zu deiner seele führe,
den werd ich niemals, niemals finden.

Erika Brandner

Nachmittag

unter Frühlingswolken hängenden Gärten Pergolen
Glyziniendolden die ganze lichtberührte sinfonia

melancholica zusammen geschaut und ein schwarzer
Gesang der diesen Moment bündelt schwer flüssiger

Nil geliebtestes Wasser der Erde an dessen Rändern
die schlanken Ibisse unerschrocken im Bild so weiß

zwischen Oleanderblüten und Schilf verharren noch
steht das Helle höher über dem Minarett als die blaue

Linie der Felsen und klarer deuten sich Zeichen ehe
sich Schatten ein wenig nur später zu spät aber und

kalt über Haar über Schultern werfen die Brüche der Seele
vertiefen in fernen Räumen nistet schon der Verlust

Renata Hossli
wunsch

du zeit
der rosenbestückten dornen

nicht dass du
kummerlos
an mir
vorübergehst

aber
dass dein himmel
die sanftgeflügelten winde
nicht verlöre

und
die schwalben
nicht müde würden
ihre besonnten worte
in die lüfte
zu säen

nur dies

wünsche ich mir

Christoph Heidsiek

Knoten

Nimm eine Schnur und leg sie zur Schlinge
Und führe das Ende von unten hinein.
Lass los und greif neu es, damit sich's durchdringe,
So fügt sich's zum in sich gewundenen Ringe,
Der zieht sich zusammen – zum Knoten hinein.

Der Knoten ist in sich gedreht und verschlungen:
Die Schlinge, durch die er soeben geschlüpft,
Ist innen wie außen, das scheint ihm gelungen,
Nachdem er im Ringkampf sich selbst hat bezwungen,
Und ist dann am End' mit sich selber verknüpft.

Die Kelten, die Goten, die kannten schon Knoten
Aus Bändern geflochten, in Steine gemetzt:
Das waren wie Schlangen vom Jenseits die Boten
Als Hängbrücke rüber ins Reich der Toten:
So wurde das Dies- mit dem Jenseits vernetzt.

Den gordischen Knoten will ich nicht vergessen:
Aus uralten Zeiten datiert der Bericht,
Wie einst Alexander, auf Herrschaft versessen,
Voll Ungeduld hat allen Anstand vergessen:
Er schlug ihn entzwei – doch er löste ihn nicht.

Der Bergsteiger klettert am Seil durch Steilwände,
Mit Händen und Füßen am Fels er sich hält.
Doch schaut er hinab in des Abgrunds Gelände,
Dann denkt er ganz plötzlich: Das wäre das Ende,
Wenn im Falle des Falles der Knoten nicht hält.

Und jeder Matrose, der kennt seine Knoten:
Den Schotstek, den Palstek, den Kreuz- und die Acht.
Mit diesen belegt er die Fallen und Schoten:
So hängt auch das Schicksal von Schiffen und Booten
An Knoten, an Knoten bei Tag und bei Nacht.

Die Fischer von Sydney bis zu den Lofoten,
Die haben von jeher geknotet, geknüpft:
Wenn Schnüre sich kreuzen, dann bilden aus Knoten
Und Maschen sich Netze wie riesige Taschen,
Aus denen kein Fisch, der hineinging, entschlüpft.

Im Sommer, da wachsen von Knoten zu Knoten
Die Erbsen, vom Gärtner gesät und getränkt.
Und wenn sie dann reifen, dann hängen in Schoten
Die hellgrünen Erbsen an winzigen Knoten:
Da ist jede einzeln dran aufgehängt.

Der Orientteppich aus Tausenden Knoten,
Der schmückt das Parkett in des Reichen Haus
Und früher, da klopften die dienstbaren Boten
Mit flachen, aus Rattan geflochtenen Knoten
Den Dreck, der in Knoten sich fing, wieder raus.

Verkehrsknotenpunkte verschlingen zu Knoten
Asphaltgraue Bänder die Kreuz und die Quer:
Darüber, da kreisen Hubschrauberpiloten,
Das sind der Verstopfung verlässliche Boten,
Wenn sich da verknotet der Autoverkehr.

Auf fünf schwarzen Seilen, da tanzen wie Knoten
Die Noten und knüpfen die Partitur:
Hinauf und hinab, wie der Meister geboten,
Der himmlischen Töne terrestrische Boten,
Der flüchtigen Klänge geflochtene Schnur.

In schwingenden Körpern, da bilden sich Knoten:
Oktav und die Quinte, die Terz, die Septim:
Die teilen das Ganze geregelt in Quoten
Und bilden den Grundton aus zahllosen Noten.
So dienen die Knoten den Klangharmonien.

Dort, wo sich die Fäden des Lebens verknoten,
Da lauert die Krise, da lauert die Not:
Da stehst du am Abgrund, nicht auszuloten,
Fühlst in dir der Krankheit gefährliche Boten,
So knüpft sich ans Ende des Lebens der Tod.

Doch einer, der ist mir der Liebste von allen:
Es ist eine „Sie", die hab ich stets dabei:
Die Schleife, die tut mir am besten gefallen,
Sie schnürt meine Schuh elegant – doch vor allem:
Ein Griff, und sie löst sich und schon bin ich frei!

Angela Schröder
federleicht
(for Leo the wolve)

ich lege meine gedanken in deinen fluss

zwischen den lachsen und den großen steinen
wirst du sie finden

mit einer feder kannst du sie aus dem wasser
holen

schau sie dir an in deinen händen

dann ruf die adler und lass sie fliegen

Vera Hewener

Reibung

Wind peitscht gegen das Glas der Dämmerung zischt durch die Lichtung
zieht scharfe Schnitte schneidet aus der Sonne Fetzen schon trübt sich
das Gold fahles Gestotter der Nacht das über Baumkronen ausschüttet
Schattengericht

am Boden hampelt die Marionette Dunkelheit baumelt an den Fäden der
Notwendigkeit sterbender Stunden deine und meine die wir vergraben in
den Schränken der Sehnsucht da wir nicht hier sind nur in Gedanken spielt
die Nacht in uns die Wiederholung der Wünsche wir vergaßen

abgerissene Streifen die uns beschließen obere Winkel des Horizonts
Wundmale bluten ihr Purpur ins Firn totes Rot kaltes Feuer das ausbrennt
unsere Schatten farblose Zeit in der graues Grinsen ein Schimmer ist lässt
nicht sehen uns

nicht hören das Knistern der Funken die sprühen wenn das Nicht sich
reibt umgenichtete schwarze Löcher fallen in unser Kontinuum unterbrechen
die Stille für einen Moment sichtbare Punkte

Blindenschrift einer Lust die wenn wir sie uns gestatten keinen Raum lässt
für Schattengespenster Schotterpfade der Neigung die uns häuten wenn wir
uns häuten lassen von der Inspiration sterbender Stunden dort oben wo die
Nacht noch Himmel ist

Theresa Klesper
à bientôt

ins Violette gehen
tauchen hinter Weiden
und sich zur Vase machen

lege deine Augen
auf die Wiesen, Großer
Fuchs, und pflücke mich

Werner Rohrmoser
Flügelflinke Schwalben

Wenn sich flügelflinke Schwalben
durch den Abendhimmel futtern,
sich um frische Mücken balgen,
wir uns Abendschnitten buttern.

Wenn zarte Oleanderblüten
neurosig Eleganz erlangen,
Amseln sich final bemühen,
den letzten Abendwurm zu fangen.

Wenn dann die Mutter aller Zierde
hortensisch an der Mauer schwelgt,
umwebt von spinniger Begierde.
Bleibt manches schattig und verwelkt.

Wenn letzte Orangeadenleuchten
das graue Blau des Himmels rechen,
sich Seelen auf der Zielgeraden
den Knöchel an der Hürde brechen.

Dann wart ich auf die dunkle Nacht,
die all das nicht mehr sichtbar macht.

Brita Heck
Frühling bei Rilke

Die Pollen fliegen, fliegen wie von weit,
als blühten in den Himmeln ferne Wiesen.
Die Augen jucken mir und ich muss niesen,
den ganzen Tag muss Tränen ich vergießen.
Ich werd' gemieden und spür Einsamkeit.
So mancher leidet, dieser Mensch dort auch.
Und sieh dir andre an, es niesen viele.
Und an der Nase bildet sich 'ne Schwiele,
weil ich so viele Taschentücher brauch.

Angela Meinel
o. t.

an den ufern der dunkelheit
tanzt mein schatten
mein schatten
und der streifen einer schwarzen wolke
halbiert das licht
ich koche eine suppe aus schnee
iss iss doch
der automat der für mich weint
erwartet nichts
schlüpft in meine haut
genießt die sehnsucht
der schmetterlinge
am winterende
da war es abend
atmet das haus?

Lizzy Tewordt
Der alte Fährmann

Am frühen Morgen wird das Floß
vom Fährmann sanft gesteuert.
Als Helfer hat der Alte bloß
den Südwind angeheuert.

Noch führt der Nebel hier Regie,
spannt transparente Wände.
Die Landschaft ruht in Harmonie –
kalt sind des Fährmanns Hände.

Still ist es – als ob alles schlief
in diesen Flussgefilden.
Er taucht die Flößerstange tief,
so dass sich Ringe bilden.

Durch die Geräusche aufgeschreckt,
erheben sich in Scharen
die Enten, die im Schilf versteckt
in ihren Nestern waren.

Das Floss zieht langsam und ganz sacht
gemächlich seine Bahnen.
Die Sonne ist noch nicht erwacht,
man kann sie nur erahnen.

Gleich stößt der Mann am Ufer an,
die Fahrt ist hier zu Ende.
Den Rest des Tages legt er dann
in seines Schöpfers Hände.

Sein Leben ist schier Poesie –
er würde niemals tauschen.
Kann er sich doch voll Harmonie
an der Natur berauschen.

Ernst Rohner
Kleine Stadt

Die kleine Stadt erwacht aus ihren Träumen,
und in der Morgensonne reckt sich Haus für Haus.
Die Spatzen lärmen in den Bäumen,
und helles Kinderlachen schwingt sich hoch hinaus.

Noch gähnt im Park der Buddelkasten,
ein bunter Eimer liegt erwartungsvoll im Sand.
Ein Junge will vorüberhasten
und stutzt und staunt und nimmt Besitz vom Knirpsenland.

Es wachsen Straßen, Tunnel, Berge,
und in der Stadt aus Sand geht's wirklich lustig zu.
Da wird es still im Reich der Zwerge:
Den kleinen Bürgermeister drückt der Sand im Schuh.

Juergen Hutschalik

Stein im Fluss

Einer unter vielen andern,
die nicht gehen, fliegen, wandern,
einer, der beschaut, besieht,
wie der Strom vorüberzieht.

Einer, dem nicht kalt, nicht warm,
Fremder in der Fische Schwarm,
einer, den das Nass nicht drückt,
nichts aus seinem Bett verrückt.

Einer ohne Angst vorm Tod,
ohne Furcht vor Schmerz und Not,
einer mit gar mächtigen Verwandten,
Felsenonkeln, Bergentanten.

Einer, kurz vor einem Steg,
in der Näh ein schmaler Weg,
kam ein Kind beschwingt daher,
warf mich, fiel ihm gar nicht schwer,

      – ganz woandershin.

Cindy Ruch
untergehen

beim Sehnen und Rufen bin ich
in den Regen gesprungen und
über Grenzen gestolpert, lautlos,
aus Versehen.

dabei wollte ich nur
das Hallen der Tropfen hören
&meine wartenden Augen
an deine lehnen.

kunstlos. da Augen
keine Netze über Meere spannen
und wir zwischen Amerika & Europa
nun leise untergehen.

Harald Lindig
Leuchtturmwärterin

Irgendetwas
stimmt nicht
mit dem Licht.

Ich komme
nicht mehr zurück
an Land,
nicht hinaus
auf das Meer.

Bist immer
eine Andere,
und doch
die Gleiche.

Gefesselte Steine
schwingen,
klirren
aneinander
im Wind.

Hüte dich
vor der
Bernsteinhexe,
sie lauert dir auf,
unten,
am Kliff.

Du weißt doch,
man kann sterben
an jedem zu viel,
an jedem zu wenig.

Du bist
die Gleiche,
aber immer
eine Andere.

Eduard Haller
Der Sandwirbel

(In der ägyptischen Wüste)

Reiten weiße Wolkenschimmel
durch das Mittagsblau dahin,
steigt zum heißen Sommerhimmel
schlank aus Sand die Tänzerin.

Schneller Wirbel, gelbe Säule,
Sandfrau, tanzend übern Hang
ferner Dünen. Und in Eile
schon zerstoben. Spuk am Mittag.
Einen kurzen Herzschlag lang.

Christian Hoffmann

Regen in mir

Mein Herz, es hastet, trauert
und umschweift, ein leises Rufen,
es begreift, mit flehend leidensvollem Sehnen,
im Schweigen, das Ende alles
wundersamen Schönen.
Ich vergrabe und verstecke meine Trauer
hinter einer kalten, hohen Mauer,
kein Lichtstrahl, der durchs Dunkel schimmert,
meine Seele fleht und ist zugleich bekümmert.
Wenn ein Mensch, den du geliebt,
kein Feuer, sondern Eis in deine Hände gibt,
dann verstummt die zarte Welt,
die Sonne deiner Liebe, sie zerfällt
im zähen Kampf
zu tausend blauen Kerzen,
was bleibt, sind Kälte,
Dunkelheit und Schmerzen.
Abschied nimmt mein Schicksal
heut von jenen Dingen,
an denen meine Zärtlichkeiten hingen,
von wundervollen ruhigen Stunden,
die meine Gedankenwelt umrunden,
von Augen, die sich in mir spiegeln,
und Herzen, die sich leicht von selbst entriegeln.
Hände, die es einst verstanden,
in einer, meiner dunklen Nächte Not zu landen,
umarmten, hielten mich,
mit Regen und Gewitter im Gesicht,
ein letztes, leises Mal.
Ich befal den tausend Ozeanen,
sich in mir noch keinen Weg zu bahnen,
doch umso mehr ich mich vergeblich wehrte,
mein Äußerstes nach innen kehrte,
desto mehr tobten die Wellen,
Stürme und Gezeiten,
sich in den Flüssen auszubreiten.

Klaus Schwarz
Meine Gedichte

Was ich in all meinen Gedichten sage,
Hat nie vor mir ein anderer so gesagt.
Kein anderer hat die Worte so gewagt,
Wie ich in ihnen rede, schreibe, frage.

Was ich gedacht und was geschrieben steht,
Wer es nun liest, kann mich darin erkennen.
Er mag es schön oder auch hässlich nennen,
Ich weiß nur, dass es jetzt nicht mehr vergeht.

Zwar überzeugt mich auch nicht jede Zeile
All der Gedichte, die ich je erdacht
Und die ich gern mit jedem Leser teile.

Ich habe sie, so gut es ging, gemacht.
Man mag sie loben oder kritisieren,
Es ändert nichts daran – sie existieren!

Silvia Wenzl
Frühlingserwachen

Ich wache auf mit lautem Niesen,
die Sonne scheint so warm und hell,
der Krokus blüht auf grünen Wiesen,
die Weidenkätzchen tragen Fell.

Das blaue Band, die Harfentöne,
selbst Amsel, Drossel, Nachtigall,
ich seh', ich hör' sie nicht und stöhne,
sie sind mir wurst – sind mir egal.

Ein Froschgesicht in meinem Spiegel?
Erschüttert seh' ich noch mal hin,
ganz aufgequollen, rot wie Ziegel,
ich fass' es kaum, dass ich das bin.

Ich schlucke Pulver, Tropfen, Pillen,
ich inhalier' und trinke Brüh',
den Osterhasen möcht ich killen,
der Kerl hat Glück ... Tierallergie.

Frühling, du bist's, hab's jetzt vernommen,
ich schlafe bis zum Herbstbeginn,
seh dich, wenn überhaupt, verschwommen,
weil ich auf dich allergisch bin.

Günter Kröger
Der Golfer

Ein Mensch, nicht mehr ganz jung an Jahren,
mit Lücken auch schon in den Haaren
und nicht mehr ohne Zipperlein
an Herz und Rücken, Arm und Bein,
kam einst durch schicksalhafte Führung
mit einem anderen in Berührung,
der offenbar an gar nichts litt,
der strahlend aussah, schlank und fit,
obwohl er beinah' sieben glatte
Jahrzehnte auf dem Buckel hatte.
Was lag da näher, statt zu klagen,
mal höflich nach dem Grund zu fragen,
worauf der Alte, er hieß Rolf,
nur trocken sagte: „Ich spiel' Golf!"
Der Mensch sah dieses als Signal,
mit sich jetzt endlich auch einmal
energisch ins Gericht zu geh'n:
Schon kurz darauf war er zu seh'n
in einem smarten Golferdress;
er sprach fortan nicht mehr von Stress,
nein, nur von Hölzern noch und Eisen,
den Hauptgefährten seiner Reisen.
Mit ihnen liebte er zu wandern
in Jersey, Schottland und in Flandern
und fühlte sich nach einem Jahr
bereits als Golfer wunderbar:
Ein weiter Flug des kleinen Balles
war jetzt des Menschen Ein und Alles,
beim Golfspiel konnte er vergessen
Frau, Firma, Kinder, Sex und Essen
und – last not least – die Zipperlein
an Herz und Rücken, Arm und Bein.
Kurzum – jetzt war er fast gesund,
jedoch der Rest kam auf den Hund;
denn dieses war die andere Seite:
Die Frau ging fremd, die Firma pleite! –

Ilse Zacharias

Frei laufender Laternenpfahl

Ein Zecher traf in Herne mal
auf seinem Heimweg vom Lokal
ganz in der Nähe vom Kanal
'nen schwankenden Laternenpfahl

Der kam ihm ziemlich ungelegen
direktemang frontal entgegen
Er bat ihn höflich, auszuweichen
doch missverstand der Pfahl das Zeichen

Obwohl der Pfahl war ziemlich schmal
traf er den Zecher hart wie Stahl
vorn an die Birne voll brutal
Der Zecher fiel in den Kanal

Von der Geschichte die Moral:
Verlass in Herne das Lokal
nie ohne Schutzhelm, denn dort laufen
Laternenpfähle rum, die saufen

Lothar Reese
Abriss

Die Gestalt ist in Träumen versunken.
Der Entwurf eines Briefes liegt auf dem Tisch.
Im Garten frisst eine Ziege
die Blätter eines Busches ab.
Das Haus ist steinalt.

Eine Ahnung von der Schönheit
des Frühlings schwebt in der Luft.
Mit einer Lupe betrachte ich
die Risse im Mauerwerk.
Vom Zusammenhang wird die Rede sein.

Merle Mocka
Widerstand – Kein Ende

Unter deinen Zypressen,
Herr,
ist Gras gewachsen

und

ich stehe mit offenem Haar,
halte den Baumstamm fest
und zupfe anschließend
jeden Halm aus dem staubigen Boden.

Wolfgang Braun
Altes Schloss

Weit offen das Tor,
wer will es noch schließen:
rostüberwuchertes
Eisengeflecht.

Vergilbter Rasen
kriecht
über weißlichen Weg,
im Schatten
von alten Bäumen,
im hohen Gras,
wer will es noch mähen:
hingestreckt
brüchige
Brunnensäule.

Über hohem Portal
regengebleichtes
Wappen aus Stein.
Giebelwärts
beugt sich
ein Erker vor,
sonnen sich
fahle Fenster.

Vergessene Treppe
bückt sich hinab,
taucht ein
in brackiges Wasser:
blind gewordener Teich.

Holger Dittmann
scherben bringen

was
können scherben schon bringen?
sie haben ja keine hände
und klingen
so schrecklich
nach ende

Margot S. Baumann
Zwei tadellose Fremde

Wir trugen Wünsche durch die Birkenhaine,
in stummer, körperhafter Achtsamkeit.
Und zerrten an der selbst gemachten Leine,
als wär sie bloß ein übler Streich der Zeit.

Zwei Handbreit trennten uns von einem Fallen,
das unterhäutig ruht seit jenem Blick,
doch wer versucht, sich Obhut umzuschnallen,
weicht schon zu Anfang einen Schritt zurück.

Es ist kein Leiden, ist kein trübes Sinnen,
selbst die Kaskaden fließen unentwegt,
nur irgendwo im schwelgerischsten Innen
sprang etwas auf, was sich nie mehr gelegt.

Dorothee Emsel

Brief an Edgar Allan Poe

Floss da nicht ein leiser Schatten
schwarz gekleidet durch den Flur?
Kratzte an Kaminens Platten
nicht die Hand, aus Knochen nur?

Saugte nicht mit bleichen Lippen
ein Ding die Perserkatze aus?
Kroch da nicht mit leisem Wippen
jemand um das Herrenhaus?

Stieß ich nicht mit rohem Schauern
grad im Bett an fremden Fuß?
Hinterließ nicht an den Mauern
etwas seinen Leichenruß?

Sah ich nicht mit eig'nem Blicke,
wie der Herr den Diener fraß?
Und dessen Haupt, getrennt vom Körper,
mit mir flirten gar im Gras?

Ach Edgar, Edgar, hätt' ich Dich
doch nicht so oft gelesen.
Dann stünd' ich jetzt woanders,
nicht vor Furcht blau am Tresen.

Beatrix Ethner
Etwas Kaltes

Schrillgesichtige Leuchthalle
Deine Vorübergänglichkeit:
Im Rasselgesumm der Elektrik.

In der Luft ein Weitlauf
Jedes Schallbrockens:
Kein einfaches unentdeckt Bleiben.

Die Anonymität
Ersinnt uns alle
In nicht ganz
Neuer Kühle neu.

Warme Eilande von Verbundenen
In Sprachblasen
Ein Aussperrband:
Intimität.

Weit mehr noch
Die Strandgüter:
Gegenüberlos, Inseln auch sie.

Unzusammenhang.

Die Tonhalde der Frequenzen
Verbrüdert sich
Standhafter Niedertemperatur.

Ausbleibende Zugehörigkeit.

Etwas Kaltes naht. Jedem für sich.

Walter Schankula

März

Der Bärlauch schießt mit seinen jungen Spitzen
mir an den Gaumen und ich blick empor –
auf Zweigen, die ein Rabenhorst verlor,
da seh ich, stumm, den Merlinfalken sitzen.

Er richtet seine scharfen Sinne aus,
verfolgt das Schwärmen in den hohen Norden,
bei uns ist es ihm viel zu bunt geworden,
doch seine Tundra blüht noch nicht zu Haus.

Nun lausche ich gebannt und halte Wacht,
ersehne ihn mit Blausternblick herbei,
den heiseren und hungrig-wilden Schrei
beim Aufbruch in die helle Mitternacht.

Frank Norten
gefundene heimat

am tag, wo die heimat gefunden wird
hören die hunde auf, im schlaf zu bellen
fließen die flüsse rückwärts
fängt es plötzlich an zu regnen

am tag, wo die heimat gefunden wird
glätten sich die furchen der elterlichen felder
verlassen die ratten das haus
höre ich auf, dich vergeblich zu rufen

der tag ist schon nahe
die worte haben es eilig, anzukommen
sogar mein kind kann ich sehen

der weg war immer der gleiche
alle stunden bin ich ihn gelaufen
ich soll noch ein mensch werden

Verena Bamert
Memento

Der Tod mit den vier Pfoten
hat dich eingeholt

fasst dich sanft
im Nacken
wie die Mutter
ihren Welpen
trägt dich hinüber
in eine Welt ohne Zeit

Deine Gegenwart
verschwindet
in meine Träume
rollt sich zusammen
in einer Falte
meiner Erinnerung

dein langes Hundeleben
kurzes gemeinsames Glück

Bärbel Maiberger
ankommen

bin
fährte im schnee
werde, verweh
war doch
spur
jeder schritt
augenblick
zeiten weg
will
als ziel
nur ankommen

Claus Köhler
verwischtes bild

dein pulli huscht
im schaufenster
vorbei

unerwartetes erkennen
ein paar sekunden
ungeschehen

hast du dir gefallen
fragt dein ganzer leib
willst du dir gehören
bleib

Sandra Hamilton
Worte formen

Flügel schlagen
Silben tragen
Seufzend Dein Gesicht

Hände öffnen
Fiebrig schöpfend
Tropfen bergen Dich

Körper sinken
Tief ertrinkend
Sehnsucht treibt ins Licht

Leise klagend
Zaghaft wagend
Lippen flehen, sprich

Worte formen
Weiche Dornen
Liebkosen Deinen Sinn

Wogen säumen
Tode träumend
Schweigend, wer ich bin.

Willi Hetze
Eis

Wo die Nachtkristalle schliefen,
kalt in Starre, stumm im Raum,
drang zu traumgetränkten Tiefen
ringsumher der Ufersaum,
der, von weißer Hand verschlossen
und durch Last der Jahre klug,
einen Spiegel, frostgegossen,
gleich der Grabesplatte trug.

Doch ein Bruch zerriss den Spiegel
mit verwirrtem Kreiselschritt,
als der Mond wie Silbersiegel
wächsern um die Sterne glitt
und mit ihnen in den Splittern
sprühte heiß vor Glitzerklang,
bis mit einem Lichterzittern
die vereiste Welt zersprang.

Helmut Frings
Der Klang der Flöte ...

Es schläft in sonnenwarmer Heide
im Mittagslicht ein müder Faun;
der Blüten violett Geschmeide
birgt träumend sich am morschen Zaun
... und alles schläft sich aus der Zeit
in blühende Versunkenheit ...

Man sieht die Blätter bunt sich färben,
doch alles hält den Atem an –
es ist nur Stille, sanftes Werben
und Warten auf den großen Pan;
der blütenschwere Heidegarten
ist nur noch Ruhe – ist Erwarten ...

Ein leises Regen seiner Lider,
ein Zucken um den vollen Mund –
schon streckt geschmeidig er die Glieder
und formt die Lippen, weich und rund ...
Der Faun ist munter nun und lacht,
und die Natur um ihn erwacht ...

... und heller tönt der Bienen Sirren
und jede Blüte spendet Duft;
gar viele bunte Falter schwirren
und lauer Wind bewegt die Luft –
Die Töne der Syrinx entschweben:
Nun muss sich die Natur beleben!

Ein Lied – dann geht der Faun von dannen
und wieder fällt's in Sommers Traum ...
Der Faun entschwindet in den Tannen
und träge füllt die Zeit den Raum –
wo eben sich noch jedes regt,
ist nunmehr alles unbewegt.

Für ein, zwei Zeiten hob das Leben
der Heide sich ins lichte Sein;
nun, da der Faun sich fortbegeben,
kehrt auch die Trägheit wieder ein ...

Ilse Haak
Mitte des Lebens

Diese Zeit zerteile ich Vogelgezwitscher
Streiche Augentrost auf
Hüpfschritte lass ich mir schenken
Kinderfragen fliegen über das Dach
Das bunt gebändert ein Bollwerk
Pfeilspitzen abwehrt
Jeder Raum eine Kornkammer
Der Vater spricht den Tischleindeckdichgruß
Zielt
Und schießt Schätze vor die Tür
Ein Kindergesicht nach dem andern
Schmiegt sich mir an die Brust
Hockt auf dem Schoß
Zappelnde Ungeduld
Mutterschleier leg ich auf Lebenswunden
Wachgebissen werdet ihr forteilen
Zerstreute Spiele
Uns als Erbe zurücklassen

Jan Zänker
Mercedes

Ein Block zwischen den Anderen
ein grünes spanisches Lied
für dich bin ich
ein französischer Rauch/kräftig
ein Täter/morgens aufwärts/
mit einer Hand für unsere Wangen
unter den Tagen. Das reicht aus.
Schön: dieser Baum in meinem Haus.

Roland Lampe
Mühlenbecker See

Der See hat keine Geheimnisse mehr,
Schilf ist Schilf, eine Ente ist eine Ente,
Wasser ist Wasser, und wer sich darin ertränkt,
ist auch nur eine Wasserleiche.

Natürlich kann man am Ufer sitzen
und seine Blicke schweifen lassen oder ruhn,
ganz nach Belieben, aber muss man denn
immer gleich darüber schreiben?

Ein See ist ein See, ein Blick ist ein Blick,
eine Ente ist eine Ente, aber ein Gedicht
ist noch lange kein Gedicht, nur weil es
am Ufer eines Sees geschrieben wurde.

Wolf Gräbel
Così fan tutte

Weise gehen in den Garten.
Verliebte gehen an den Fluss.
Ich kann nicht auf die Liebe warten
bis zum bittern Exitus.

(Wenn die makellosen Feen
hoch auf Beinen wie von Rehen
mit juwelengleichen Zehen
durch die linde Landschaft gehen,
um die Häuserecken wehen,
ravend sich im Tanze drehen
oder in der U-Bahn stehen,
will ich den doch einmal sehen,
der von dem Anblick kotzen muss.)

Freaks erhängen sich im Garten.
Verliebte springen in den Fluss.
Verheiratete spielen Karten.
Nach Hause nehmen sie den Bus.

Andreas Lehmann
lebenslauf

so also geht das
so begegnet man sich

die hände: so berührt man sich
die zungen: so verführt man sich

die finger, haare, haut
die worte: so vertraut man sich

die tage, die wochen, die jahre: so
verliert man sich. die augen:
so sieht man sich

nicht wieder

Sabine Richter-Rauch
solche zeiten

wenn der tag verstreicht und du
merkst so genau wie er geht und
du läufst unruhig und hin und wieder
zurück und du verrichtest so viel kleines
da nimmst du wäsche und da holst du
vergessenes aus dem keller vom vortag und
anrufen wolltest du und immer die unrast und
der tag läuft in die dunkelheit hinein und
du sitzt und wartest und suchst nach den blicken und
gesten die nicht nur geschäftig und
nicht nur voll sorge
und die türme von wörtern wachsen
hoch in dir nehmen den atem
die luft und
ein sehnen kommt

Ingrid Schulz
Wie gewohnt

Wie gewohnt
stolperte
sie in seinem
Schweigen
umher.
Der Mond
war
schon lange
fort
und
von dem zerbrochenen
Herzen,
das sie beim Putzen
unter dem Ehebett fand,
fehlte
eine Hälfte.

Margrit Weber
kinderlos

in langer reihe
gehen die frauen vor mir
sie schlurfen eilen

mit groben latschen
sonntagsschuhen die drücken
barfuß die meisten

hellbraune blonde
graue üppige dünne
roter lockenkopf

sie flüstern lachen
schweigen schimpfen und beten
einige weinen

es riecht nach mühsal
kölnischwasser quitten heu
muttermilch und schweiß

gleichgültiges licht
nicht mehr nacht noch nicht morgen
nach mir niemand mehr

Erika Ross
Mutter wartet

Sie hatte Kekse gebacken
so wie in alter Zeit,
das helle Lachen der Kinder,
wie war es weit.

Man tut, was man immer tat,
für vier, für zwei, allein,
die Gedanken wandern den alten Pfad,
die Welt wird langsam klein.

Advent, natürlich Stollen,
das Fernsehn als vis à vis.
Sie hätten zwar kommen wollen,
aber sie können wohl nie.

Vielleicht ein Brief oder Karten
aus einem fernen Land,
was kann man mehr erwarten?
Sie dankt mit zittriger Hand.

Ursula Lüthe
Aufbruch

Ich stieg in den Zug
beladen mit Ratschlägen
und den Gewissensbissen
die eine Trennung mit sich bringt

trat ans Fenster
bemüht mein Lächeln
nicht zu früh
erlöschen zu lassen

als der Zug anfuhr
tilgte meine Hand
mit einem Winken
letzte Verlegenheiten

der Abschied klebte an mir

erst beim Anblick der Felder
gespiegelt in trüben Fensterscheiben
fügte sich mein Körper
in das Vorwärtsstürmen des Zuges

sein Freudenschrei erlöste mich

der Ankunft summte ich entgegen
weil ich zu singen mich nicht traute
und mir kein passendes Lied einfiel
nicht einmal ein stummes

nie gesehene Städte
Landschaften
Menschen
summte ich mir herbei

unbeschriebene Tage

fremd unter Fremden
ich dachte es mir
wunderbar

Gudrun Thieme-Schmidt
Für Michael

Ich sehe was, was du nicht siehst –
ein Spiel aus Kindertagen.
So oft gespielt, wie viele Mal,
vermag es nicht zu sagen.

Ich sehe was, was du nicht siehst –
nie Spiel für dich gewesen.
Wünsche mir sehr, dass ich könnt seh'n
dein Augenlicht genesen.

Ich sehe was, was du nicht siehst –
kann umgekehrt nie werden.
Und doch strömt eine Kraft aus dir,
die leuchtet hier auf Erden.

Susanne Venker
situationen

I
gleich fall ich
aus dem passepartout. gleich
ist verwirrt, was noch zurecht
liegt. gleich
wird entrahmt, was als erkannt
galt. gleich
kreuzen, queren, mehren schnitte
mein gesicht. gleich
bin ich.

II
mein ort. ein rest. ein
bahnhof. hat mühe
gemacht. die ist
im netz und
züge verlassen ihn
doch.
einer muss ja, muss ja
bleiben.
der macht die durchsage
legt sich auf die schienen
und wieder
eine durchfahrt.

III
aussicht
vor dem haus.
die kehrmaschinen.
dazwischen fällt
ein blatt, wie es fällt
vom mund.
nur einen moment
die katze des nachbarn hat es
kapiert
und spielt es davon.

IV
es war einmal.
mein rechter, rechter platz ist leer
ich wünsche mir …
der ist nicht mehr.
meiner linker, linker platz ist leer
ich wünsche mir …
du fehlst mir sehr.
oh fallada, der du gangest.

V
strick
dich schon immer ein.
zwei rechts, zwei links.
strick dir
was passendes.
fester die maschen. so
wird das nichts.
wir lassen keine fallen im gestrick.
zwei rechts, zwei links
verstrick dich nicht.

Annemarie Knappmeier
Dein Glück

Es kam zu dir,
glitt durch die Tür,
erfüllte deinen Raum
mit Ruhe und Geborgenheit.
Verschwand im Nichts
nach kurzer Zeit,
als sei es nur ein Traum.
Du riefst ihm nach
und es versprach
bald wieder herzukommen.
Du hörtest es benommen.
Am nächsten Tag vor deiner Tür,
da lag ein kleines Blatt Papier,
drauf stand:

Bin morgen früh zurück.
Ich grüße dich

dein Glück

Lisa Appel
Die Geschichte eines Sommers

Weißt du noch, letzten Sommer?
Wie sah es vorher so trostlos aus!
Wir saßen still in meiner Kammer,
Dann kam der Sommer und holte uns raus!

Weißt du noch, wie wir zum Bach runterliefen?
Der Wind spielte in unserem Haar.
Und als wir dann die Vögel riefen,
Mit Melodien, so schön und klar!

Auf Schilfrohrflöten wir sie spielten.
Von uns am Morgen selbst gemacht.
Und als wir sie dem Wind hinhielten,
Da hat er uns ein Lied gebracht!

Weißt du noch, als wir Blumen pflückten,
Aus einem kunterbunten Meer?
Die Sonne schien uns auf den Rücken.
Wir waren glücklich, und das sehr!

Weißt du noch, wie der Hund uns jagte,
Als wir die Nachbarsäpfel stahlen?
Und als der Bauer uns dann sagte,
Wir sollten sie bezahlen!

Weißt du noch, wie wir nachts draußen schliefen?
Die Sterne schauten uns dabei zu.
Wie die Vögel uns mit Gesang wachriefen.
Doch wer schlief stets weiter? Du!

Weißt du noch, wie wir die Frösche fingen,
Im sumpfigen Teich nah beim Wald?
Mit Stiefeln im Schlamm herumzuspringen,
Das war zwar lustig, aber kalt!

Weißt du noch, wie Mutter laut schrie,
Als sie uns so furchtbar dreckig sah?
Diesen Schrei vergesse ich nie,
Weil sie da wirklich wütend war!

Weißt du noch, wie wir die Käfer zählten,
Die an der Wand herunterliefen?
Und wie wir dann den Schönsten wählten,
Und ihn zum König der Käfer beriefen!

Weißt du noch, wie wir am Feuer saßen?
Das Stockbrot war ganz schwarz gebrannt.
Warum wir es wohl trotzdem aßen?
Wir haben uns wohl nicht ausgekannt …

Weißt du noch, letzten Sommer?
Wie war sie schön, diese Jahreszeit!
Jetzt sitzen wir in meiner Kammer
Und können nur träumen, weil's draußen schneit!

Jürgen Flenker
Waldschmerz

Durch diese Wälder geht bestimmt kein Ruck.
Man sieht es gleich: Der Widerstand der Blätter
auf dem Nullpunkt: Jahresendzeitwetter,
und jeder Baum verharrt im Retrolook.

Die neuen Feen spinnen Gold zu Stroh.
Die Axt im Wald erspart die alten Märchen.
Im Kahlgeäst das dünne Lied der Lerchen
beschwört jetzt unentwegt den Status quo.

Bestandschutz überall in den Rabatten.
Auf totes Holz klopft dreimal schwach ein Specht.
Eliten unterqueren ihre Schatten
und ziehn mit stumpfen Äxten ins Gefecht.

Am Apfelbaum lehnt eine morsche Leiter.
Der Stillstand gähnt und schlurft gemächlich weiter.

Holger Högner

südlich von mir

sie spannen
die wäsche wie fahnen
über die gassen
die treppen
die blumentöpfe
über ihr
quirliges lachen
sie sind so
geradeheraus

auf losem putz
zerfallen
alte kampfparolen
ein roter stern
hält tapfer aus
ich möchte endlich
wieder irren

und geh zum markt
wo sich der tag
verschluckt
an so viel sommer
und wo die tauben
anders gurren
als zuhaus

Lutz Dalkowski
Zwiespalt

Der Kopf steht wartend an der Tür.
Er hält den Koffer in der Hand.
Er sagt: „Ich bleib' nicht länger hier!"
„Ich komme mit!", sagt der Verstand.

Sie warten auf den nächsten Schritt,
Sie drängen, dass ich endlich fahre.
Das Herz ruft: „Nein, ich kann nicht mit!
Ich brauche für den Abschied Jahre."

Anne Röhrborn
Abschied

Eure Schatten bleiben,
Brennen in die Erde
Blasse Fröhlichkeiten
Und grauschwarzweiße Sterne.
Der Duft ist schon verflogen,
Der Atem ausgeatmet
Und wieder eingesogen
Und wieder neu gestartet.
Ich leg mich auf die Erde,
Dass ich sie fühlen kann,
Dann setzen diese Sterne
Erneut zu strahlen an.

Kirsten Jepsen

dpa./Meldung aus Nahost

Die weiße Taube
war schon davongeflogen
als wir noch kindlich lachend
aus
einem
Becher tranken.

Wir aßen von
einem
Teller.
Nährten uns
von kostbaren Perlen
und stillten den Durst
an allen Wassern der Welt.

Mit tausend Silben
ehrten wir die Worte.
Flochten Kränze.
Von Mund zu Mund.
Im Duft der blauen Hyazinthe
ruhten wir nach langer Nacht.
Ein sattes Tuch.

Dann kamen die Stürme.
Scheren teilten die Waffen.
Krallen durchkämmten das Meer.
Wir fanden Knoten und Steine im Sand.
Am Horizont ein irres Lachen.

Wir schlossen
die Bücher.
Wir brachen
die Kerzen, die Rippen zu Saiten.
Ein schauriger Klang.

In unserem Garten
stecken schwarze Stiefel
in roter Erde.
In unserem Garten
spießen schwarze Zwerge
blaue Blüten.
Jeder weint seine eigene Träne.

Kleine Fische
schwimmen durch unsere Träume.
Sie schnappen nach dünner Luft.
In einem Netz
aus blauem Duft
unsagbar schön
schläft eine weiße Taube.

Juliane Fischer
Luftschloss

als ich sagte

„ich glaube zu ersticken"

hieltest du die Luft an
um deinen guten Willen
zu beweisen

und wieder nur
so ein Luftschloss

Uta Abel
zwischenland

schwarzamseln woben
noch im dunkeln am
sonnenaufgang
als ich den schlafschleier
nur zaghaft mir
aus deinen augen hob.

behutsam um den
tagesdieb nicht zu erschrecken
hielt ich eine kurze herzschau.

staubtraumkornsammelnd.

wie ein kind
versteckte ich den schatz
zwischen uns.

Wolfgang Nitsche
diesseits und jenseits

ich streichle
dein Gesicht du
schließt die Augen
lächelst genießt

meine Hand wandert
fragend blinzelt
dein Auge
beruhigt sich

Finger finden
und liebkosen
schlafende Hügel
Knospen wachsen

Wangen röten sich
auch deine Hand
wandert
geübt zielsicher

lächelndes Erstaunen
jenseits der Achtzig
noch immer diesseits
von Gut und Böse

Michael Bahn
Nachtgelüster

Du zartest Sehnsucht
auf die Haut
& wir verschwimmen
sanftes Wellen

wir dampfen auf
wir wirbeln frei
& nachten
durch die grenze Zeit
unendlich tiefes
Wir

dann tropfst du Tau ...
ich trinke dich
& werde Du
in uns

Eva Wunderlich
Obgleich

Und ich sage euch,
aus meinem Toaster springen
gepfefferte Kerzen,
Haferflocken und Rosinen
bedecken den Küchenboden
und im Bad
schwimmt eine Kuh.

Obgleich ich noch bei Sinnen bin
und alles erklären kann,
dass ich
auf der täglichen
Suche durch Wäscheberge,
Schränke und Taschen
nach einem der sechs Schuhe,
die das Gehen
durch diese Tür zur Welt
erforderlich machen,
eben mal telefonieren musste
und währenddessen
den Kleinen in der Küche
und die Große
im Badezimmer spielen ließ,
dass ich erst platzen
und dann verzweifeln wollte,
plötzlich aber von der Idee
unterbrochen wurde,
was wäre,
wenn die beiden nun nicht
bereits vor Jahren
aus mir heraus
sondern eben erst,
so wie sie sind,
aus dem Nichts
geschlüpft
wären

obgleich ich, wie gesagt,
noch bei Sinnen bin und
alles erklären kann,
bin ich geneigt,
von einer echten Kuh zu sprechen,
um das Atemberaubende dieses Moments
in diese Zeilen zu transportieren.

Julian Burmeister
Zufallstreffer

In wirren Fetzen hängt das Denken
liegt brach und blüht und stirbt bald wieder
Kann sich nicht auf nichts beschränken
Lässt nichts fließen, kann nichts lenken

Begehrt nichts als das Nichtige
Würzt mit Zucker statt mit Pfeffer
Und vollbringt es mal das Wichtige
so ist es nur ein Zufallstreffer …

Andreas Happe
Minze

ich,
teebeutelnd in deiner
Seele baumelnd,
heiß,
lass mich noch
ein wenig
zieh'n.

Salina Petra Thomas
Fluss des Lebens

Schimmernde
Schlange
teilt Grün,
liebkost
felsige Ufer.

Aus dunkler Tiefe
wissend
um die Geheimnisse
der Erde.

Quell des Lebens,
Tochter der Schöpfung,
befruchtet,
durchflutet
dichte Schwere.

Bewegung
klingt
absichtslos
quellende
Weite.

Im
unendlichen
Atem
der
Zeit.

Kein Anfang –
kein Ende.
Nährende Mutter
allen Seins.

Grün
bedeckt
der Erde
Haut –
samtener Mantel
aus Leben.

Wächst –
wuchert –
stirbt.
Geburt und Tod,
in einem Tropfen.
Nie
endender
Rhythmus,
im Fluss
des Lebens.

Felsen
flüstern
äonenalte
Weisheiten.

Bäume
wispern
von
uralten
Wundern.

Sehen,
hören,
staunen,
Mensch sein.

Teil
der
Schöpfung
im
Rad
des
Universums.

Sterne atmen,
Regen spüren,
Freiheit leben,
Mensch sein –
im Fluss
des Lebens.

Ralf Schwob
Zeit

Es geschah erst vor Kurzem
da sah ich
im Gesicht meines Vaters
den Großvater
und ich erkannte
mich

André Schinkel

Sonar

Ich suche dich, ich hab dir längst verziehen,
Ich witter' dich, ich hab dich fast;
Du brauchst nun nicht mehr vor mir fliehen –
Ich spüre dich: Dein Herzblut rast.

Ich orte dich, ich kann dich immer finden,
Ich sehe, fühle, hör dich gut;
Du kannst vor mir nicht mehr verschwinden:
Ich bin dir auf der Spur, sei auf der Hut.

Ich sehe dich auf jeder Lichtung,
Du tarnst dich falb in jedem Rindenloch;
Ich folge dir in jede Richtung:
Du siehst dich vor, ich seh dich doch.

Ich fasse dich, ich schau dir in die Karten,
Du weißt es, du entkommst mir nicht;
Du wirst mich bald nicht mehr verraten –
Ich spüre, rieche, atme dich.

Käthe Wetzel
Das Rosenblatt

Das letzte Blatt von deiner Abschiedsrose,
ich fand es braun im Wörterbuche drin.
Bei „L" wie Liebe, daraus flog es lose
und fiel genau vor meine Füße hin.

Soll ich es gleich zerschurren und zertreten?
Wie du es einstmals hast mit mir getan.
Bleib doch bei mir, so hab ich dich gebeten,
du zeigtest Trauer, doch du logst mich an.

Ich vegetierte hin – und wollte nicht mehr leben.
Die Freunde halfen mir aus diesem Tief.
Ich lebte weiter, aber nur – so eben,
danach zerriss ich deinen Abschiedsbrief.

Das Rosenblatt, das ich ablegte
bei „L" ins alte Wörterbuch,
vergaß ich zwar, doch weiter hegte
ich Traurigkeit, mehr als genug.

Nun heilt die Zeit bekanntlich alle Wunden,
ich heb' das braune Blatt vom Boden auf,
hab auch das richt'ge Blatt im Buch gefunden,
„V" wie Verzeihung steht darauf.

Ellen Krüger

trauer

ich rinne in zeitfenstern an mir selbst vorbei
in den tintenmauern meiner seele
eingegrabene schatten aus sonnenfinsternissen
im staub der tage
gehen tränen verloren
ich schlucke salz aus vergangenen meeren
die sintflut ist vorüber

Dimitri Banick
Abflug

Dämmerlicht an Bord des Flugzeugs.
Das Signal, sich anzuschnallen.
Kurz bevor mit einem Rückstoß
alle in den Himmel fallen.

Unter uns ein Lämpchenteppich.
Kristalline Reigenschimmer.
Oben, unten, großgrundflächig
Mandalas im Großstadtglimmer.

Feengleiche Stewardessen,
die den Gästen Sekt servieren,
die den Alltag flugs vergessen
und mit Sonnencremes sich zieren.

Die Geräusche der Turbinen
ähneln schon umspülten Kieseln ...
Während süß wie Apfelsinen
Sterne aus den Himmeln rieseln.

Bernhard Lasch
Globales

Zum Beispiel Bananenschalen
verfaulen auf nationalen
Komposthaufen zu hiesiger
Erde. Neu denken. Riesiger.

Christof Walther
Kleiner Garten (Berlin Adlergestell)

Auf Gartenland handtuchbreit
in dröhnender Zwinge zwischen Straße und Schiene
Holzlaube mit Beet
Sandberg mit Kinderschippe
Grillrost über erloschenem Feuer
Hunde vertreiben spitzzähnig die Feinde

Über geteertem Dach weht ohnmächtig trotzig
kriegerisches Flaggentuch
Blaues Sternenkreuz auf rotem Grund
aus Alabamas Bergen und Texas' weiter grasiger Prärie

Katrin Bärtschi
Rotes Meer

In mir schwimmen noch
die Fische des Roten Meers
Bin Riff, bin Korallenburg
Seeanemonen winken

Noch umschwebt mich
Abu Sumara
der Vater der Flöte
weiß, armlang
mit forschendem Blick

Schwarzstachliche Kolonien
und Einzelwesen
behausen mich
wie im hellblauen Wasser
die Höhlen

Ein weiß-schwarzer Sonderling
bleibt skeptisch
bei seinem Sandloch
In das er blitzschnell verschwindet
da mein träger Gliederschlag
alarmierende Wellen sendet

Gelbe Wälder schwanken
im Unterwasserwind
Himmelblaue Korallen
blühen auf
porösen Felsen

Muscheln!
Noch besser verstehe ich nun
warum unser Frauengeschlecht
mit ihnen verglichen wird

Delphine tanzen in meinen Fluten

Aus mir leuchten
die Bernstein- und Dunkelaugen
der lachenden Menschen
Überschimmern
alle Traurigkeiten

– Während draußen
vor der Tür
Schneeflocken
den Fluss bestäuben

Ulrike Metsk

Es muss sein

Fern vom giftigen Abbild der Türme
am Horizont
umkreist ein Wanderer den See
mit Stock und Hut
und fiel er nicht längst aus der Zeit

wie er geht
so wohlgemut
schließt sich hinter ihm das Kraut
neigt sich der Weidenbaum zum Wasser nieder
und da es dunkelt
funkelt
wie Korallen rot
am Weg der Aaronstab

Dorit Maria Schwan

Aus rabenschwarzen Träumen

Aus rabenschwarzen Träumen,
da bin ich aufgewacht.
Es wirbeln die Gedanken
am Montag um halb acht.

Dein Mund hat sie verschlafen,
die kinderleichte Nacht.
Erwacht zu neuen Fragen
in winterweißer Pracht.

Dein Mund will alles wissen,
was ihm verschwieg die Nacht.
Weckt mich mit Schnee und Küssen
am Montag um halb acht.

Mit rabenschwarzen Träumen
hat mich die Nacht bedacht.
Doch Wintertages Helle,
die hat dein Mund gemacht.

Karl-Otto Kaminski
Spätsommerglück

Flüchtige Schaumblüten treiben
müde und welkend zum Strand.
Wogen, hartnäckig, zerreiben
stoische Steine zu Sand.

Hungrige Möwen gieren,
Quallen opalisieren.
Heitere Bläschen tanzen
um Tang und Wasserpflanzen.

Sonne glänzt auf jeder Welle,
auf jedem Perlmutterstück.
Ich danke Gott für dies helle,
friedvolle Spätsommerglück.

Claudia Hinz
Das Blatt

Von einem Ahorn, herbstlich rot,
da löste sich ein Blatt,
den Sommer lang ein Patriot,
hatt' es das Hängen satt.

Es nahm den Wind als Flugobjekt,
erkundete das Land.
Der See, er war schon eisbedeckt,
das Feld im Kahlzustand.

Die Vogelschar gen Süden floh,
ein Drachen trotzt' dem Sturm,
die Wälder strahlten farbenfroh,
golden der Glockenturm.

Im Tal am Fluss stieg Nebel auf,
gespenstig und skurril.
Ein Sonnenstrahl zauberte drauf
fächerndes Schattenspiel.

Das Blatt flog weiter, doch schon bald
wurde der Himmel grau,
ein Wolkenband als Schreckgestalt,
dem Blättchen wurd' ganz flau.

Und wahrlich, als der Regen kam,
da sank es schwer wie Blei
zu Boden, welch ein Melodram,
kam jetzt der Tod herbei?

Doch gänzlich ohne Happy End
soll die Ballad' nicht sein,
beim Wandern fand es ein Student
und steckte es mit ein.

Im abendlichen Kerzenlicht
trocknete unser Held.
Und zierte bald ein Herbstgedicht,
die Brust vor Stolz geschwellt!

Hannelore Mishal
Novemberabend

Ein Vogel fliegt durch graues Dämmerlicht.
Blau ruht der Berg, der stille, in der Ferne.
Wie Schafe zieh'n die Wolken dicht an dicht
Und decken zu den Glanz der tausend Sterne.

Die Birke schauert leis im Abendwind.
Gelb zittern letzte Blätter in den Zweigen.
Im Turm regt sich die Glocke und beginnt
Mit tiefem Klang sich hin und her zu neigen.

Großmutter tat die müden Augen zu.
Die Hände ruhen still auf weißen Decken.
Und ihre Seele hat die ew'ge Ruh,
Aus der sie keine Glocken mehr erwecken.

André Kröckel
Was bleibt

Krank
ein Leben lang vom Fleische her
Gesund
derweil im Geiste
Unsterblich
durch die Liebe gar
Lebt
weiter fort im Kinde

Manfred Reher

Hoffnung

Im Fluge südwärts ziehenden Gefieders
seh' ich den Sommer wieder Abschied nehmen.
Er weckte nur und stillte nicht das Sehnen,
das mit dem ersten süßen Duft des Flieders
in meine Seele drang.
Und als die Lerche sang,
da lauschte ihren frohen Madrigalen
das wehe Herz in seinen Liebesqualen.

Nun ziehen Nachtigall und Lerche wieder
– die ersten Blätter fallen von den Bäumen.
Wenngleich sie noch im Niedertaumeln träumen
von ihrer Sommergäste schönen Liedern
und neuem Auferstehn:
Sie müssen doch vergehn!
Und sterbend sie den Todesteppich breiten,
auf welchem Traurigkeit und Sehnsucht schreiten.

Die Liebe aber hofft! Und hoffend lebt sie
und schwelgt in seligen Erinnerungen,
als Nachtigall und Lerche noch gesungen!
Ein Anhauch künft'ger Seligkeit enthebt sie
der Todestraurigkeit
– und stiller wird das Leid.
Da wird Gemüt und Seele wieder frommer
im frohen Harren ... auf den nächsten Sommer!

Oliver von Flotow

Im Wald

Im Wald, vor dem der Kauz im Dunkeln wacht,
ist heute nicht an Schlaf zu denken,
denn Tiere, Baum und Strauch versenken
sich in den fremden Zauberklang der Nacht.

Nur manchmal schwingt hier sonst ein leiser Schrei,
wenn Beutetiere in den Fängen
des Marders oder Uhus hängen.
Und dann ist alles wieder ruhig, vorbei.

Doch heute schwebt im Wald ein Ton, der will
nicht ganz auf diese Bühne passen.
Die Bäume können kaum erfassen,
was von der Lichtung klingt. – Ein Geigenspiel!

Seit vielen Jahren steht der Wald hier schon,
doch so ein Lied ist nie erklungen,
noch nie durchs dichte Laub gedrungen
wie dieser sehnend weiche Klageton.

Im fahlen Lichtungsschimmer spielt ein Mann
auf seiner Geige, leise, tragend.
Es ist, als ob er ratlos fragend
nach dem Warum sein kleines Lied ersann.

Francesca Krueger

Sperrgut

Sammle

metallne Silbe

hölzernes Wort

bindende Glieder

und alles leuchtet

in den wildesten

Eigenfarben

das sind Seifenkisten

ohnegleichen

Hanna-Linn Brückner

wie die sätze verschwanden

in kurzen gedanken verschwanden die sätze

aus mündern und köpfen und auch vom papier

bewegt wurden nur noch in fliegender hetze

wild rollende augen und die schlagende tür

gehört wurden nur noch die hustenden lieder

einer staubigen greisen verwaisten person

von schrumpfenden hirnen und drängenden dirnen

für kümmerlich verkrüppelten lohn

gefühlt wurden nur noch – ich verrat's euch nicht gerne –

die fleischlosen lügen auf faulender haut

vielleicht zielte ein letzter wille ins ferne

vielleicht war's auch nur ein sterbender laut

von verwehenden seiten mit tinte begossen

von träumen der sehnsucht zu pfützen zerflossen

von sterbenden blicken

von sich schließenden lippen

von zu vielen flicken

auf schon sichtbaren rippen

ein leiser laut: ein „oh" und „ach weh"

ein seufzen sanfter als fallender schnee

bevor die worte auf immer verschwanden

und alles was jemals gesagt und geschrieben

wurde verschlossen mit eisernen banden

und nichts rein gar nichts davon ist geblieben.

Ulf Großmann
dein Leberfleck müsste

noch in der Nische ruhen die Sinne schwinden mit den Jahren
und so fühlst und siehst du dich mit meinen alten Augen
als hätten wir gestern geheiratet das Glas fürs Gebiss
wäre Champagner der sich in der Sonne verprickelt
das Neonlicht & die Sauerstoffmaschine eine Bar
trinken wir einfach ein letztes Glas

Mirani Meschkat

ungreifbar

ach, meine regenbogenflügel –
jede träne von herzhaut umhüllt,
so seifenblasenzart, ein flaumleichter vogel
schillert die liebe im schattensturm.

ungreifbar will ich werden für dich,
um das beste für mich zu retten,
heraufzutragen über den wolkenhang,
im steilanstieg richtung venus.

ich warte nur auf den blitz, der uns trennt!
dann, wenn die vorhänge reißen,
donner hervorbrechen,
möge die welt versinken mit dir.

Franziska Nöthen
Im Sekundentakt

Am Bahndamm entlang
Schienenstrang
Eiserner Ruf
Fernweh

Auf endlosen Wegen
Dem Horizont entgegen
Ewiger Lockruf
Freiheit

Mit den Wolken fliegen
Der Wind wispert Sehnsucht
Ständiger Aufbruch
Spurensuche

Von Land zu Land
Über Berge und Meer
Eilen
Saumpfade Traumpfade
Ruhelos
Ohne Wiederkehr

Marcus Neuert
[nördliches Fenster]

der sichtbare Aus
schnitt der Welt:

ein Stück milch
blauer Nachmittag

als Kulisse für
trockene Blätter, die

auch in der Flaute
streng von West

nach Ost gebürstet
stehn. Die Geliebte

schläft. Romane
gehen zu Ende.

David Meißner
Salz

Und da liegen wir:
Draußen hat es gefroren, die Straßen sind glatt, sagst du,
und ich nicke.
Soll ich noch etwas Salz holen, für die Augen, sagst du,
und ich schüttele den Kopf.
Brauche ich nicht, sage ich
und fange zu weinen an.
Dann liegen wir wieder,
und Abgrund wärmt Abgrund.

Thomas Zippel

mit jedem jahr

manchmal kommt der abschied unbemerkt
und bedient sich von deinen träumen
er nimmt sie fort und wenn es tagt
erwachst du in leeren räumen

und siehst nur den staub hinter deinen schritten
der sich fein legt auf das, was du kennst
umgeben von fremdem – und du inmitten
von etwas, was du nicht dein leben nennst

subtil das vergessen, das die zeit umfasst
und aus dem gebräu noch das beste siebt
du hoffst nur, dass irgendwas hängen bleibt
und dass es dich überhaupt noch gibt

erstickendes lachen, das atmen wird flach
impulse krepieren im rohr
es brütet kein vogel mehr unter dem dach
und kein wurm fängt sich in deinem ohr

die geilheit sogar verliert ihren glanz
die leidenschaft ihre ikonen
mit jedem jahr bleibt dir weniger mut
und ansonsten nur schöner wohnen

Laura Beck

Reimverneinung

Ich kann mir auf dich keinen Reim mehr machen.
Man reimt nicht mehr.
Das fällt mir schw... nicht leicht.
So schreib ich heimatlose Waisen,
lautlich beziehungslos,
die den Gehörgang blutig reiben.
Musik und Balsam für die Ohren
sind süßlich und banal,
kurz: sind von gestern.
Zerknirscht nehm ich in Kauf,
dass du mich ratlos liest
und nicht verstehst,
die Stirn in Falten zie... legst.
Du kannst dir auf mich keinen Reim mehr machen.
Bin ich so kryptisch und verklausuliert,
dass dich nur periphär tang... berührt,
(ich kann's nicht lassen) was ich sagen will?
Und vielleicht wär ich deshalb lieber st... leise.
Für dich ist mein Gedicht gar kein Gedicht.
Versteh doch, reimen darf man heute n... immer
mehr, warum? Ich habe keinen blassen Sch... Dunst.
Mir scheint, dann gilt es nicht als gute K... reation.
Um mich zu lesen, brauchst du wilde Phantasie,
Zusammenreimen können wir uns also ni... cht.
Nicht hier.
Drum lass uns in die Wildnis doch entlaufen,
uns dort be... trinken
und uns im Blätterwald voll Trotz
zumindest doch zusammenraufen.

Nike Neumann
Rätselporträt Nummer 2

Was bin ich?

Seit ich bin, da hocke ich.
Warte, warte, nur auf dich.
Arm an Arm, so stehen sie,
Meine Kollegen – wie das Vieh.

Tagein, tagaus das gleiche Spiel.
Gesehen – oh, das hab ich viel!

Schiffe sanken, Völker bangten,
Herzen flammten, Schwerter rammten.
Selbst das All, das ist mir offen,
Der Wilde Westen lässt mich hoffen.
Doch niemals ich die Sonne seh',
Und wenn du gehst, tut's Rücklein weh!

Hineingefurzt, geschwitzt, gedrückt,
Sogar schon mal mein Fell zerpflückt.

Doch leb ich nur für diesen Zweck,
Und wenn du gehst, liegt oft viel Dreck.
Dann kommen sie und machen rein
Mein buntes, helles, dunkles Heim.

Lösung (rückwärts geschrieben): Ztisonik

Gerhard Martens
The bumble bee

Durch den bunten Frühlingsgarten
bumbelt frohgemut ein bee.
Heute kann er's kaum erwarten,
heute nämlich trifft er SIE.

Irgendwo in dieser Gegend
baute er ein Bumbelloch.
Bumbels sind nicht sehr vermögend,
für 'ne Höhle reicht's jedoch.

Summend fliegt der dicke Bengel
durch das reiche Blütenmeer,
tief neigt sich so mancher Stengel,
denn der bumble bee ist schwer.

Landet sanft auf jeder flower
und betankt sich Schluck für Schluck.
Oh, er braucht viel Nektarpower,
Kraftstoff für den Hochzeitsflug.

Heute geht er in die Vollen,
pudert sich das Brautgeschenk,
Bio Wertkost Blütenpollen,
sechsmal an das Hüftgelenk.

„Wenn vorbei der nächste Winter",
schmunzelt er in sich hinein,
„werd' für viele Bumbelkinder
ich der Bumbelpapa sein."

In dem bunten Frühlingsgarten
macht der bumble sich bereit
zu dem schönen, wenn auch harten,
großen bumble weddingflight.

Karlheinz Flächsenhaar

Wurmstreit

Zwölfmal schlägt dumpf die Uhr vom Turm,
im Brockhaus nagt der Bücherwurm
genüsslich sich durchs Alphabet.

Dem Holzwurm, der im Bücherbrett
zur Nacht gern seine Ruhe hätt',
das Nagen auf die Nerven geht.

Bescheiden bittet er um Ruh.
Stur nagt der andre sich durchs Q
und tut, als ob er ihn nicht hört.

Denn schließlich labt der Literat
sich weiterbildend am Traktat,
egal ob's einen Holzwurm stört.

Respektlos um den Schlaf gebracht,
im Holzwurm jetzt der Zorn erwacht:
Dich Bücherwürmchen krieg ich noch!

Voll Eifer er zu Werke geht.
Mit seinem Holzwurmbohrer dreht
ins Bücherbrett er Loch um Loch.

Das Brett wird dünn und dünner schon,
der Bücherwurm merkt nichts davon.
Das Unglück schreitet heimlich fort.

Das schöne Holz, einst so stabil,
wird durch die Löcher höchst labil
und taugt nicht mehr als Bücherbord,

sodass es unter dem Gewicht
der Enzyklopädie zerbricht.
Der große Brockhaus stürzt hinab.

Und wie das Wissen dieser Welt
so Band für Band zu Boden fällt,
wird es dem Bücherwurm zum Grab.

Ein solches Ende wird beschert
dem, der des Mitwurms Ruhe stört,
weil er zur Nacht im Brockhaus nagt.

Der Holzwurm aber bohrt hinfort
in einem andren Bücherbord.
Das sei zur Warnung noch gesagt.

Jürgen Dermietzel
Der alte Mann und die Bank

Ein Rentner ging im Herbst spazieren,
der Tag war warm, der Weg noch lang,
da wollte er sich deponieren
auf einer einladenden Bank.

Er glaubte schlicht und hoffnungsfroh,
dass diese Bank jetzt gut ihm tät,
sah überhaupt kein Risiko
und prüfte nicht die Bonität.

Zunächst schien er gut aufgehoben,
doch umso größer war der Schreck:
Die Bank, in Schieflage verschoben,
schwankte noch kurz, dann brach sie weg.

Die Bankaufsicht, bereit zu schützen,
hat sofort das Problem erkannt,
beeilte sich, die Bank zu stützen,
der Rentner war nicht relevant.

Der muss den Schaden selber tragen,
denn niemand sieht sich in der Pflicht.
Die Bank in diesen Frühlingstagen
fühlt sich erholt, der Rentner nicht.